AF363857

# OBJETS D'ART

## D'ÉPOQUE LOUIS XVI

# CATALOGUE

DES

# OBJETS D'ART

Dépendant de la Succession de Madame R..., née de J...-C...

ET DONNÉS PAR LE

## ROI LOUIS XVI ET LA REINE MARIE - ANTOINETTE

### A leur Filleule Madame DE SURIAN

GRAND'MÈRE DE MADAME R...

DONT LA VENTE AURA LIEU

## HOTEL DROUOT, SALLE N° 8

### LE MERCREDI 7 MAI 1913

*A cinq heures*

---

| COMMISSAIRE-PRISEUR | EXPERT |
|---|---|
| **M<sup>e</sup> GEORGES TIXIER** | **M. ÉDOUARD PAPE** |
| 45, rue de la Chaussée-d'Antin | EXPERT PRÈS LE TRIBUNAL CIVIL DE LA SEINE |
| PARIS | 174, rue du Faubourg-Saint-Honoré |

---

## EXPOSITIONS

PARTICULIÈRE : Le Mardi 6 Mai 1913, de 2 heures à 6 heures.

PUBLIQUE : Le Mercredi 7 Mai 1913 (jour de la vente), de 2 h. à 5 h.

Les Objets seront visibles à l'étude de M<sup>e</sup> TIXIER, 45, rue de la Chaussée-
d'Antin, les Samedi 3 et Lundi 5 Mai 1913, le matin de 11 heures
à midi, et l'après-midi de 5 heures à 6 heures.

# CONDITIONS DE LA VENTE

Elle sera faite au comptant.

Les adjudicataires paieront *dix pour cent* en sus des enchères.

Paris. — Imp. de l'Art, Ch. Berger, 41, rue de la Victoire.

Voici une œuvre d'art charmante en même temps
qu'un document d'une valeur inestimable : un por-
trait de Marie-Antoinette, jusqu'à présent inconnu
des chercheurs et dont l'authenticité ne saurait sou-
lever le moindre doute.

C'est bien Marie-Antoinette, et Marie-Antoinette
dans l'épanouissement de sa beauté et de sa grâce
souriante, non plus archiduchesse d'Autriche, telle
que la peignit Werthmuller à Vienne, ou M^me Vigée-
Lebrun, à Paris, c'est encore moins la Marie-Antoinette
que nous montre la curieuse gravure de Gautier-
Dagoty, quasi hiératique, engoncée dans une robe
à paniers, semblable à quelque vierge Espagnole,
au jour carillonné d'une fête religieuse, toute roide
en sa jupe ouvrée d'orfévrerie, de diamants, de per-
les, de dentelles d'or.....

C'est Marie-Antoinette souriante, joyeuse, heureuse
d'aimer et d'être aimée, Marie-Antoinette insoucieuse
et un peu folle, enfant gâtée des Parisiens, encore
applaudie de ceux-là même qui, six ans plus tard,
viendront la voir passer « dans le panier à Samson »
au jour blafard de son supplice, c'est enfin la
souveraine de France deux fois Reine, par le sceptre
et par la beauté.

Après avoir longuement admiré la gracieuse
image, nous avons voulu en connaître l'histoire.
Chose rare, les papiers qui accompagnaient le
médaillon étaient probants, véridiques, pas truqués

pour les besoins de la cause. Ils démontraient de façon péremptoire que la relique avait été donnée tel jour, à telle personne, dans des conditions nettement déterminées.

En effet, le 27 avril 1787, le Roi Louis XVI et la Reine Marie-Antoinette daignaient tenir sur les fonts baptismaux de la paroisse Saint-Louis, à Versailles, la petite Marie-Antoinette Le Vacher. La fillette était née de Félicité-Émilie de Saint-Aubin, « femme de la Reine », et de Thomas Le Vacher, « Directeur intéressé dans la régie générale ».

En 1803, cette filleule de Reine épousait Jean-Baptiste Joachim de Surian; de ce mariage naissait Marie-Antoinette-Joachime de Surian-Bras, épouse de Alphonse-Antoine-Victor-Louis de Jessé, laquelle légua à sa fille Marie-Antoinette-Gabrielle de Jessé-Charleval, épouse de M. Victor Roux, les précieux souvenirs qu'elle tenait de sa mère... et notamment le médaillon en question.

Pour confirmer ces documents de famille, déjà probants par eux-mêmes, on nous tendit alors un mince chiffon de papier, jauni par le temps, fripé dans ses angles, fatigué aux cassures, et, après l'avoir déplié respectueusement, pieusement, avec des mains un peu tremblantes, nous lûmes ces quatre mots : « *La Reine pour Ninette* ».

Dans le papier entr'ouvert, une boucle de cheveux d'or enroulait sa torsade, et notre interlocuteur de s'écrier : « Les cheveux de la Reine, envoyés par Elle, donnés par Elle à sa filleule ! »

## 5

Ce sont bien les cheveux de la Reine, ces cheveux
merveilleux que le Temple et la Conciergerie devaient
blanchir quasi subitement. Plusieurs fois déjà l'occa-
sion nous fut donnée d'admirer de nos deux yeux
quelques-unes de ces boucles blondes que les fidèles
royalistes se partageaient dévotement, et ceux-ci me
semblent indiscutablement vrais.

Quant à la suscription du billet, nous ne saurions
lui accorder la même créance. Nous ne retrouvons
plus, dans les quatre mots, tracés d'une écriture
élégante et mince, l'allure caractéristique de l'écriture de la Reine, écriture un peu lourde, un peu
appuyée... Rien de plus simple, d'ailleurs, que de
comparer. Marie-Antoinette écrivait peu. En dehors
des rares billets grifffonnés à ses intimes, la Reine
de France ne se servait guère de ses somptueux
encriers que pour approuver et certifier des bons
de fournitures, des ordonnancements de payements
sur lesquels une identique formule revient réguliè-
rement. Une signature bien correcte, bien nette, bien
bourgeoise, précédée de ce simple mot : « *bon* ».
Quant aux signatures dont sont revêtus les brevets,
ordres de services, accusés de réception, invitations
de Marie-Antoinette, elles sont, pour la plupart, dues
à Augeard — *Secrétaire de la main* — (quel joli
titre !) et authentiquées par lui ou par un Ministre.

C'est que nous la connaissons bien, l'écriture
« vraie » de la Reine! Ne possédons-nous pas aux
Archives Nationales, — cette cathédrale de l'Histoire de
France, — le plus terrible des documents : le testa-

ment que, par un petit jour blafard, la fille de Marie-Thérèse, l'ex-Souveraine de France, écrivit de son cachot de la Conciergerie. Le document est célèbre : « 16 octobre 1793, à 4 heures 1/2 du matin : C'est à vous, ma sœur, que j'écris pour la dernière fois... » Comparez les écritures : celle du testament et celle du billet, vous ne douterez plus... Puis, du même coup, placez à côté de cet exquis médaillon aux yeux tendres, à la bouche souriante, la reproduction du terrible croquis pris par David de la fenêtre d'un café de la rue Saint-Honoré : « la citoyenne Capet conduite à l'échafaud, les cheveux coupés « au ras du col », les mains liées, l'œil fixe... »

Vous vivrez alors tout le drame... et quel drame !

Georges CAIN.

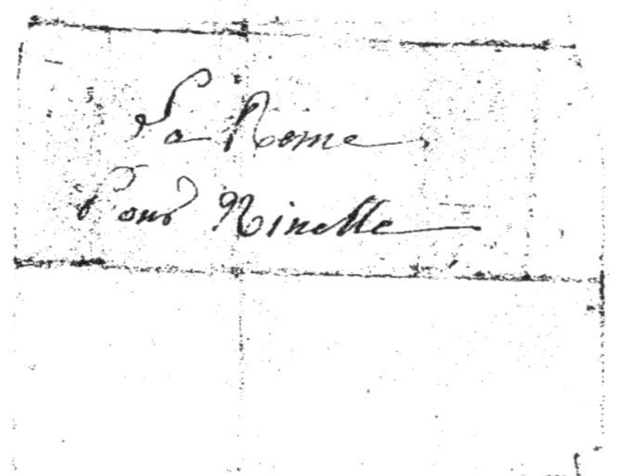
La Reine
Pour Ninette

# DÉSIGNATION

1 — Miniature, de forme ovale, représentant la Reine Marie-Antoinette, vue de face, décolletée. Une boucle des cheveux de la Reine contenue dans un feuillet, portant l'inscription : « *La Reine pour Ninette* », accompagnait le don Royal.

2 — Boîte en or ciselé, de forme octogonale et allongée, ornée de rinceaux, et dans les pans coupés de vases fleuris en léger relief. Époque Louis XVI.

800

3 — Boîte en or ciselé, de forme ovale, ornée d'attributs de musique. Époque Louis XVI.

4250
M. Rosenthal

4 — Pendule, marbre, bronze ciselé et doré, du modèle dit : Pendule aux chèvres. Cadran signé : *Rouvière à Paris*. Époque Louis XVI.

1550

5 — Fauteuil de bureau en bois sculpté, canné, portant l'estampille : « *Garde-Meuble de la Reine* ». Époque Louis XVI.